被群山包围

赵春秀 著

内蒙古人民出版社

图书在版编目（CIP）数据

被群山包围 / 赵春秀著. -- 呼和浩特:内蒙古人民
出版社, 2024.6
ISBN 978-7-204-17695-3

Ⅰ.①被… Ⅱ.①赵… Ⅲ.①诗集-中国-当代
Ⅳ.①I227

中国国家版本馆 CIP 数据核字(2023)第 163183 号

被 群 山 包 围
BEI QUNSHAN BAOWEI

微信扫码 发现诗意

作　者	赵春秀
责任编辑	贾大明
封面设计	海日瀚
封面摄影	高明志
出版发行	内蒙古人民出版社
地　址	呼和浩特市新城区中山东路 8 号波士名人国际 B 座 5 楼
网　址	http://www.impph.cn
印　刷	内蒙古爱信达教育印务有限责任公司
开　本	880mm×1230mm　1/32
印　张	6.5
字　数	200 千
版　次	2024 年 6 月第 1 版
印　次	2024 年 6 月第 1 次印刷
书　号	ISBN 978-7-204-17695-3
定　价	60.00 元

如发现印装质量问题,请与我社联系。联系电话:(0471)3946120

我爱的，是天地已爱过的（代序）

人邻

1

巴彦淖尔诗人春秀还有一个名字，羊儿·英吉嘎。"羊儿"人都明白，"英吉嘎"是什么意思呢？留着这一点神秘，才好。

春秀生活的地方，北部是乌拉特草原，中部是阴山山地，南部是河套平原。早在石器时代，阴山以北地方就有人类居住，过着以狩猎为主的生活。夏商西周至春秋，鬼方、猃狁等民族游牧于此。如此古老，且有草原、山地、平原的地方，对一个诗人会有什么样的影响呢？我不知道她的家族是如何来到这里的，也许是某一年从山西到了这里。这里百姓的日常语言是晋语（后套话）和蒙古语，自然也会影响她的诗的气息。

且看看她的《山路》——

　　山坳过于沉重，万物皆被清洗干净，寻佛的人把

祈福留在山上

我想短暂地照看这里，车前草，柽木花，葱郁的
六月

请再鲜艳一些，我的爱人正从此经过

这首诗里表现出来的，正是深陷都市的诗人的无奈，
他们远离自然，看似享受着现代化的便利，但内心却又难
以忘怀自然所给予的慰藉。人类生活场景的变化，引领甚
至是逼迫着诗歌本身发生变化。人类已经生活在一个并非
适合人类生活的地方，无法感受大自然赋予生命的美。也
正是因为这样，人们才渴望再一次亲近自然、回归自然。
但这种一次性的回归，无疑是淡薄浅显的。人和自然关系
的剥离，使得人类在亲近自然的时候，更像是匆匆的矫情
的过客。"请再鲜艳一些，我的爱人正从此经过。"这样的
诗句，也只有属于自然的诗人，才能写出。

诗人在《词语颂》里则有着这样的诗句——

我爱的，是天地已爱过的

没有姓氏的草

纸鹤一样的毡房……

身居都市的人们，尽管出行可以飞来飞去，日行千
里，似乎所见更多，眼界亦应是宽广的，但看不到地平线
的人，看不到"长河落日圆"的人，从来无从想象另一种

浩大的自然和人生景象。而身居草原、群山和平原之间的诗人,她写下的却是"我爱的,是天地已爱过的"。这样的诗句,不仅来自诗人的宽广胸襟,更有赖于大自然的慷慨馈赠。而"没有姓氏的草",则赋予了草原与人可以相知的意味。"纸鹤一样的毡房",既是写实,亦是梦幻。诗人用词语瞬间将鹤的喜悦飞翔与人类安妥身心的毡房联想、交织在一起。

诗人的《延续》亦是,没有这样的地域特征,诗人不会有这样沉潜而广阔的力量——

再加少许应允:落日最后一刻落进土里
田野上,黑夜,降临

至亲和祖辈,压住藏伏的穷根,灾难,敞开的
黄土

压着飞沙走石,有些事物,有些我
才得以延续

必须亲临这样的广阔场景,才能生发出这样的诗句,就如"落日最后一刻落进土里"。

我们再看看她的《黄昏所遇》——

冷风弹拨枯草,发出古老的声响
黄昏,羊群走下山

枯草，低到霞光里

在欣慰的伤感里，所遇孤独

带着阴郁的寒冷的气息

我们坐着，松鼠在脚下觅食

沙尘荡漾。我们的声音落进山谷

比草木更容易覆盖

整首诗的意象带有强烈的地域特征，而其散发出的诗意，亦因其地域本身，显现出独有的丰厚意味。

2

生活于斯的诗人，即便是表现自己的心境，也会显现出独有的风貌。看看诗人的《这是荒草的野外》——

我确信，东风坦荡

哪一条路可以出去哪一条就可以回来

出发之前，自己毫无目的

没有遇见或许会走到天黑，所以

有些时候注定要遇见，并让你停下来

它的头，低至腰身，借风摇动

极少有人看到它，孤独的褐色和干枯的外表

这是荒草的野外。没有一只飞鸟

我确定除了坚硬的外壳，风霜没在它身上留下任

何痕迹

　　没有伤痕的向日葵

　　这种远离田野的孤单

　　曾让我满目苍凉并充满热爱

　　而这极度的热爱

　　让我以为自己还年轻

　　地理性的长久濡染、浸透，使得诗人在表现个人情感的同时，展现出某种苍凉的坚毅。一般女性诗人的柔弱细腻，在春秀这里荡然无存，而呈现出宏阔的诗意。在近乎坚实的抒情气息里，诗人笃定，决绝，不可侵犯，而又充满了对生命的热爱。即便是抒情意味稍浓的诗歌，诗人亦凭借其坦荡的勇气，将浓烈的情绪和盘托出。诗人在《未来的每一天我都不会怪你》这首诗里这样写道——

　　说吧，读出每个字最重的音节：

　　下弦月照耀这样的秋天——把光阴浪费成碎片

　　让秋风，让落日，让恒久的星辰给出启示

　　让咽下的粮食给出启示

　　年岁始于立春，终于大寒

　　翻开二十四节气，雪已经把我下白了

　　我怎么会怪你呢？

这首诗是写给一个人，还是写给岁月的呢？我觉得，不必将这首诗理解得过于窄。诗人更多的是写给了一切，是将她生命依赖着爱着的一切融会在了一起。人怎么可能脱离了自然界呢？人生活在秋天，也生活在立春、大寒。由是，经历着岁月过去，诗人才会有了这样的感慨，"雪已经把我下白了"，也才会有"我怎么会怪你呢？"这样的既是疑问亦是热爱的诗句。

再看看诗人的《多年以来》里的句子——

而我——是

经过深思熟虑，才开始变老的

有哪个女诗人能够写出这样的诗句？面对生活的沉重，面对生命时光的流逝，诗人坦坦荡荡，一切不过如此。人类唯一能够跟自然界相抗衡的，就是人的想象力。在这里，诗人以人类的"深思熟虑"，抵抗着所有将要来临的。如许的"变老"，是生命恒久的无畏之美，抗衡了匆匆流逝的时间。

3

但凡女子写诗，亲情和爱定是极为重要的部分。这样的诗，也确证着一个诗人内心最为柔软脆弱的生命温度。且看她如何写父母亲。她的《晒枕头》一诗里有这样的句子——

曲声悠扬

母亲在院子里打太极

燕子贴着地面，仿佛秋雨还不够欢畅

而此时

斗转星移，我们都在变老

看她锻炼

看她在自己的身体里写一本

关于母亲的书

诗人的发现是，母亲"在自己的身体里""写"着自己。"锻炼"着的母亲，一举一动，是身体的"锻炼"，亦是母亲在流逝的时光里，就要写到最后一页的母亲之书。这肉身，是诗人爱恋着祈求着，但又无奈，无法阻止它的衰老的。写这样的句子，诗人的身心是贴上去的。诗人似乎并不用情，只是描述，只是看着母亲，便悄然写出了这样动人的诗句。

诗人的《诗歌日历》亦是——

那日，我给母亲端了一个刚蒸好的鸭梨

她说，先放那儿，等下吃

随后，拖着沉重的老寒腿从卧室跟出来

站在那里

把给自己的一日认真翻过去

日月如梭，似乎后一代人刚刚长大成人，于人世还没有更深的认知和感慨，母亲忽然就老了。诗人笔下的母亲，稍稍一顿，"站在那里"，是母亲在想些什么，还是要做什么，就"把给自己的一日认真翻过去"了。这"翻过去"，里面有着诗人多少的感慨啊。

诗人写亲情，多是短诗。似乎写亲人，难以有更多的话语。这不是惜墨如金，而是情绪的不舍造成的。短诗，很多时候就是在抓取一个具有表现力的场景。亲人给予诗人的，更多的就是这样的场景。看看诗人的《煮汤圆》——

　　是不是母亲煮汤圆时做了一个梦？

　　姥爷、姥姥，爷爷、奶奶

　　我父亲都在桌前坐着

　　多点，再多点，不然不够吃

　　满锅的汤圆熟了。母亲手里拿着勺子

　　站在那里，发呆

读这样的诗，这样的细节，与其说是诗人的发现，不如说是诗人的爱。是爱，才会有这样的细节发现。

诗人笔下的父亲，则是另一样——

　　我和父亲相像的部分不算多

　　比如他缓慢而我急躁，他走到院里时

习惯拍拍身上，我喜欢跺跺脚

但我们，弓着脊背
系鞋带和看报纸的姿势
完全像一个人，包括微微耸起的双肩
肩负重担的滋味

  角色的不同，父亲是生活中另一种沉重的负荷者。如果说母亲对于生活的荷重是近乎漫长，悄无声息的，忍受的，似乎并没有太过清晰的痕迹，那么父亲对于生活的重荷却是无言的沉重。父亲的几个动作，"缓慢""拍拍身上""微微耸起的双肩"，呈现了一个男人在生活里承担着的难以言喻的一切。

  写亲人的诗，最触动我的是《七月半》——

坐在青秀山
看了好几眼太阳

挪是挪不动了啊
腿和山一样重

青秀山不埋人
可我就是想
多看几眼

土里埋着的那个人

结尾的几句，叫人难过到读不下去，读不过去。所谓深情，此即是。人世的惦念，哪里还有比这更沉重的。"腿和山一样重"，"可我就是想／多看几眼／土里埋着的那个人"。这样的诗有深沉的情感，也有着诗人生存地域的独特气息，也只有生存在那块土地上的人才可能写出。

4

诗人亦以短诗见长。这本诗集里，只有一首略长，大部分都是短诗，甚至只有几行。长诗难度大，但短诗对感情的瞬间迸发或拖曳的要求更高。尤其是只有几行的，在语言上必须有精准的把握。诗人有两首短诗给我的印象很深，显现了诗人不俗的语言能力。一首是《黄昏》——

　　傍晚，回头看了一眼比我走得还慢的那个人

　　他手里拎着明天的早餐，还有几斤杂粮

　　力气不如从前了，不过，你看

　　我们还是把一天的太阳很快搬下了山谷

一首是更短的，只有两行的《海水谣》——

　　我停泊，我凝望，我是我的舵手

　　正在选拔海水

前者深沉，朴实，有着近乎自然一样的力量。人类的生存，人与自然的和谐共处，经由诗意的表现，微妙地呈现出来。而后者则有着令人惊奇的力量。一句"正在选拔海水",让我们惊讶。突如其来的句子,几乎天赐,让我们在短暂的恍惚之后,忽然悟解,有了巨大的阅读惊喜。语言的力量,竟然可以如此!

女性的诗,大多缠绵悱恻,而春秀的诗,有着令人意想不到的另一种女性力量。在《你不可含怒到日落》一诗里,显现了诗人镇静的力量——

外面的田野,被北风吹着

没错就是它,又近乎平静地告诉我:

你不可含怒到日落

我尤其喜欢这样的诗句,在汉语诗歌的萎靡中,显现出一个女子诗意的勇气。

诗人情感上亦是坚毅的,担当的,甚至是无畏承受的。我们再看看诗人如何在《北风吹》里写哭声——

卧室有块玻璃

施工时忘了加固密封条

窗缝儿隔三岔五悲伤一次

遇风从北边来,哭号个没完

几次想拿胶带或粘条封死

想到以后它只能咬牙承受艰难

还是让它哭吧

有了哭声，我们才懂得悲悯

　　这不仅是借物喻人，更是诗意的发现，是对于生命的遭遇，不是哭泣，而是"咬牙承受"的态度表达。这是另一种生命的隐忍的坚毅，是对生命之伤的大悲悯和大坚毅。

5

　　诗人生活的地方，较之过去，已经有所变化。诗人也不得不融入所谓的现代生活。《恍然大悟》这首诗，是诗人另一种对于生活的窥伺和发现——

　　　　那些年，总有擦肩而过的人

　　　　自言自语说着什么

　　　　没等听清，相互已走出好几步远

　　　　如今，我走在大街上

　　　　也自言自语，我怀疑

　　　　我和他们是不是说着同样的话

　　只有自己才听得清，才明白怎么回事

　　这样的诗，在这本诗集中并不多，但它可能代表了一种方向，代表了诗人的另一种探索。

　　在诗歌的写作过程中，诗人亦有着对于语言形式的探索。在诗人诸多的诗作里，我们可以看到词语的简洁，一

两个词，即是一行。以其短，以其不断的转行，词义的不
断敲打，完成其诗意。比如《下雨了妈妈》这首诗，句子
短截，甚至还借助于词语的单调重复，用音乐的形式，以
"是孤单"这个只有三个音节的短句，反复出现，巧妙地
完成了这首诗——

　　一只碗，是孤单

　　锅里的饭菜

　　刚好盛下

　　是孤单

　　微信窗口有妈妈

　　隔着手机屏喊

　　下雨了

　　——妈妈

　　没人答应

　　是孤单

　　妈妈下楼了

　　403 是孤单

　　摆好的饭菜看不出冷热

　　牛肉酱是上次寄的

没有开封

在老地方

是孤单

哥哥留言

妈妈我上车了

那人还在窗前

瞭望远方

是孤单

身后的马莲花呀

你把妈妈的头发照得那么白

每一根都白了

多么孤单

　　不断出现的"孤单"，无言地敲打着我们的神经，令人欲哭无泪。除了这样的诗，诗人另一些诗里亦有近乎冗长的句子，长达两三句话那样的，舒缓地延伸再延伸，述说一样，以不断推进连缀的词语，深入读者的内心，从而完成诗人欲表达的。

　　在诗的结构上，诗人亦有自己的探索。许多诗的最后一节，仅仅是一行。这一行似乎可以与上一段合并在一起，但突然的离断，拓展了更大的诗意想象空间。

6

　　诗人的许多诗，似乎还都可以谈谈，但我还是打住的好。自然，诗人还有不足，也偶有失误，也有可以商量斟酌的词语，也有的诗还可以更深入地去挖掘。但这些并不会遮掩诗人写了那么多的好诗。还是请读者匆匆翻过这篇无足轻重的序言，读读里面的诗吧。读读一个人作为一个诗人，一个诗人作为一个人，对于尘世时光的生命见证。这篇序言就以诗人的《愿望》这首诗结束吧！

　　　　只此一生，我喜欢这样走一走
　　　　甚至喜欢，在野外拥有一间茅草屋

　　　　像儿时，躺在沙地上看瓜
　　　　忘记时间，且睡得十分安稳

　　　　所需物品越简单越好
　　　　那时我忘记的，与我记住的相差无几

　　"只此一生，我喜欢这样走一走"，写得多好啊！

　　　　　　2023 年 8 月下旬草，9 月 3 日改订于小南房

目 录

第一辑　北风吹

海水谣

我停泊，我凝望，我是我的舵手
正在选拔海水

黄 昏

傍晚，回头看了一眼比我走得还慢的那个人
他手里拎着明天的早餐，还有几斤杂粮
力气不如从前了，不过，你看
我们还是把一天的太阳很快搬下了山谷

草木之心

从前喜欢的路——平阔，纵横四海
如今只喜欢一条名不见经传的小径
生活过多的枝杈
风不会替我们打理
小紫花
开得甚好。说话较去年
已经缜密许多
依旧要求好上加好

我的心，在草木上
草木之心，在土壤上
说话这门艺术等同于写诗
摩天岭的草爱听
老虎沟的树爱听
大体过得去，我会满意……

河水谣

茶坊河没留下人等人一说
草野对这件事可问，可不问
恰如，河水清冽时
我没能抵达。摩天岭
面对人间，献出矿藏、药材、野花
绵延巍峨的博大

冬日，茶坊河停止呜咽
冰面开始脆弱
继而锁住自身。天地，辽阔
白云和羊群在此逗留，马兰草
迎着风，用枯立表明对寒冷的蔑视
你看，河水不等人

我也不必，坐在岸边等河水了

延　续

再加少许应允：落日最后一刻落进土里
田野上，黑夜，降临

至亲和祖辈，压住藏伏的穷根，灾难，敞开的黄土

压着飞沙走石，有些事物，有些我
才得以延续

北风吹

卧室有块玻璃
施工时忘了加固密封条
窗缝儿隔三岔五悲伤一次
遇风从北边来，哭号个没完

几次想拿胶带或粘条封死
想到以后它只能咬牙承受艰难
还是让它哭吧
有了哭声，我们才懂得悲悯

胜利的五月

五月开始，我
陆续把时间说成小小的
把跨越五湖四海
辽阔的脚掌说成小小的

把以前认为盛大恢宏的
都说成小小的
当我，说到中年
小小的梦想，小小的要求

我的诗，它
还愿不愿意
留在，我小小的
字里行间

晚 景

月光，闪烁的星群
——保持她永远的神秘
似黄浦江砸出的浪花，融入汪洋

而后涌动此生。无边的梵音。
巨大的安静。
我认为，那是自己越过惊涛

不知疲倦地，漂出去
很远
像鹅毛大雪，试图遮盖
险峰

更像中年，从鲁莽边缘向妥协
依偎，过渡。眼前早已物是人非

在江水流过的地方，黑夜找到了仁慈。

在旷野看一棵车前草

旷野没有偏心
轮到无助的车前草干枯，老天一样
会解除盟约
为了显示它在人间的灵验

很多不可能，兀立、坍塌
变为事实时，反而忘了怎样
九死一生闯过来。车前草带走五月的露水

天空没有太阳
却十分耀眼，想不起思念谁

感觉只有新的错误不断盯上自己
成长才会放过你，此后
谦恭地爱上或厌倦
——众生尝遍的生活

黄昏所遇

冷风弹拨枯草，发出古老的声响
黄昏，羊群走下山
枯草，低到霞光里
在欣慰的伤感里，所遇孤独
带着阴郁的寒冷的气息

我们坐着，松鼠在脚下觅食
沙尘荡漾。我们的声音落进山谷
比草木更容易覆盖

我本不需要

我本不需要省略
离别前，一次能说完最好
可生在人世间
说话成了最难的事情，省略的部分
常常，令人琢磨一辈子

我本不需要琢磨
像落花流水，像霜，叶子和雨雪
大地，到想去的地方

窗外的树木纷纷厌倦了飘零
列车飞驰
今年的诗里，不知怎么
秋天写得太少了

小半生

我们有一所房子
白云从屋顶飘过
我们围起炉火
彼此没有太多的话

我们歌唱
栅栏间豌豆花开放
我们搬运自己到中年
木船不再摇晃，荒废在湖光之外

我们整夜读一本书
听骨骼敲打空气、水，窗外的孤星

窗　外

窗外没有悬念的雪
慢慢，盖住石头

盖住，常年袒露的沟壑
不平之地
我当时的感受太浅，只记得风夹着雪

途经准格尔
过了一道山梁
几个孩子拼命笑，车厢尽头
有人裹紧大衣，似入梦境
愁苦，披藏在身上
愁苦是没有声音的。列车走远了

铁轨，一部分留在野外
一部分紧跟我们。应该是我们紧跟它
还在苦修，还在延伸

高铁快到站的时候

没人说话了，多半看着窗外

沉默的重要性

很难琢磨，现在，也许只有和解了
这世界才算赢
她想用沉默将哀叹一笔勾销，何况
天地都有耐心与黑夜消磨。她
与人间看淡的债，似乎，也能忘记了
进攻和退缩的声音
变得异常清晰，这是沉默的重要性
神佛还在梦中，没法听到

文殊菩萨

坐在你身边之前，是恭恭敬敬上过香的
一点一点，它们燃尽
生活中波澜起伏的事

今天的祷词，我仍然
没有想好
从无数次在我心里消失的断念起始
你我两个人的世界
已打通血脉偾张的空无

你一定，还有很多话
想对我说

雨落，还是美的

用不了多少年
我就老了
眼角的皱纹，噙住的雨

雨天
放下一辈子都没忙完的事
整理园子

然后，在门前的老树下
挂一个铁皮信箱

听雨滴
深深，浅浅

原　谅

原谅，落花安静
盛开的还在高高的树上

原谅，无一物在盛夏
高歌谦卑者的徒劳

原谅，马头琴闲着
路灯发出一把箭的光
穿过玻璃制品
射向一个发呆的人

原谅，普普通通的一天
仿佛从山上下来
越跑越快

原谅，在黑夜才又停将下来

词语颂

我把自己从一些词语中解救出来
它们与生命息息相关且又干干净净
比如：深陷已久

日后我会用去
另一些词语
另一滴雨，另一条小溪
那地方，见不到知更鸟，沙燕
成日啄啮旧城墙
我爱的，是天地已爱过的

没有姓氏的草
纸鹤一样的毡房……

晒太阳

就晒太阳吧

就看柳絮飞吧

就呆呆地从门口出来吧

就坐在一块小石头上

改变身陷暖阳、雨水、风雪

那些几十年的境遇

不再让它们纠结、压抑、困惑

现在我是婴儿

是白发苍苍的老人

光轻松地飞过我的头顶

照耀大地

红花红，青苇青

十月，到额济纳

众多沙子辗转各地，之后
来到广袤的额济纳
众多人留下足迹，去向他处
偶尔被某种植物召唤，一次次，千里跋涉
十月，我在额济纳发呆
暮色晴朗
似朝阳升起的另一天，我和旷野
说生的意义，说到全身枯竭
场面，陷入寂静。
沙子，埋住双脚
胡杨，枯而不朽的部分扭曲缠绕
勒紧战栗——

一定是它的一生
无法向人类讲述，它的根带着它的身体

在沙子深处，是不是也
朝着某个方向行走，也带着人一样的疲惫

喧嚣之声

走进噪声中，有时为了试探真假
有时不是

有时刻意让，如死水里丢下去石头
回声短，波纹暗淡的内心
炸裂一回

把体内积聚的毒素，怪兽，混浊的城池
连同这次熄灭的烟火

清空，像我初来人世

这是荒草的野外

我确信，东风坦荡

哪一条路可以出去哪一条就可以回来

出发之前，自己毫无目的

没有遇见或许会走到天黑，所以

有些时候注定要遇见，并让你停下来

它的头，低至腰身，借风摇动

极少有人看到它，孤独的褐色和干枯的外表

这是荒草的野外。没有一只飞鸟

我确定除了坚硬的外壳，风霜没在它身上留下任何

痕迹

没有伤痕的向日葵

这种远离田野的孤单

曾让我满目苍凉并充满热爱

而这极度的热爱

让我以为自己还年轻

虚　构

虚构一个镇子，一条河
古老的那达慕，一个诗人
爬不完的山，终年不化的大雪
虚构攀登，暮年
牛马羊群归来
虚构一匹红驼，丰饶的水草

我必须把我的一生
虚构成一棵树——蒙古榆
面山扎根，选择一处地心孤独居住

我必须重复使用虚构，找到路线
我必须，把没说清楚的话再虚构一遍

扣 押

我知道，一路走来我扣押了许多词
直至它们僵硬到我想不起来
直至它们在我看过的万水千山里开始柔软
直至我放弃。此生选用它们的权利
都在躲不过的劫难中徘徊

喜欢苍白的时候，我扣押过雪
无人窥视你过得是否合乎情理
几阵风就能把春天刮回来
我连想都没想过，我
能扳了这个局

我扣押的，还有几件该扔掉的东西
它们已经有了破洞并且还在流泻我的光阴
更何况，听这话的人就算站在面前
也不会说了

晚 祷

现在只有你一个人，看见闪电

白天和夜晚，花都在生长

乌云使整个天空变得昏暗，并不觉得

这个时间，屋子里的人还需要光明

几片叶子，长成你心中的样子

你深知

顾虑为何物

好些话压在舌根下，就如

言外之意

宁愿，不被弹奏

春天，带着万物出来闪耀

那些光明，有一部分来自闪电

或多或少也来自晚间的祈祷

被人间选中

很荣幸，被人间选中
很荣幸，选中之后能够写诗
我知道——有些词按不住
非要跳出身体，充当现有的一部分

这时候，只需要铺开场面兜住
它们由若干个假设轮流上阵

围着一棵沙枣树，可想的事情很多
甚至能超出树的范围
可惜花落得太快
童年只够想一会儿，少年、青年的远离
让我到成人世界里来
寻找自己的短处

像，往复的春天一样
在泥土中，寻找遗忘的籽粒

止言帖

一条河
经过断流、结冰、干涸
河边腐烂的枝叶日夜腐烂
流经不同的地方
永远，回不到树上

谁是跟自己都不说真话的人
很多答案
不值得耗费精力猜测
一条河，没有名字，没有身份，没有特征
今天，我经过时
竟然回望它三次，用三次
才捣碎突如其来的肺腑之言

一条河累了。为什么
还要打扰它，还要回头望
五次、六次、七次

静　坐

窗外泛红的梨树叶

往月光里走

落花太轻

——忽然，有一个字

慢下来

似乎它比我更懂我

这个字，我可以反复用

用一生仔细书写它的今天和明天

花时间，把生活分割成片状

是否有意义

我还没想好

我只想做一个看守旧物的人

雨天，适合专心静坐

适合长久审视，摆在眼前

致使我屏息热爱的一切

流动起来

日子慢下来以后

把自己从头到脚慢下来
慢慢说话
就像低头跟菩萨说话
慢慢走路
就像身后永远有一个我需要照顾的人

石头粗糙
月圆阴晴，挡不住山清水秀
它哪里有什么惊心动魄的苦楚呢？
桃源深处，我不再与人结伴而行

琐碎的思考

风吹的只有白云

和坚定无比的建筑物

异乡高楼林立，旧的没有盖好

新的随处可见

漫天飞舞的尘土灌满街道

我很难跃过紧急来临的跳板

混淆了白夜

庄稼以及沟渠

什么都没有了，只有废墟

在高涨

晚霞迟缓地落向荒原

什么都无法辨认

梦里，缭绕的炊烟被风吹向苹果园

我忘记了喊谁，我的喊声如一轮落日

忧郁的声音——总被无端阻止

初 九

春天捻成的线
有榆树叶的绿，有花瓣的香
在虚无与现实之间
我竟笨拙地绣不出一幅生活的模样

巷内无人，那么多街灯
我看见自己一边绣一边燃烧
是的，我在燃烧里，才能找到灰烬中发芽的
你的眼中，孤独倚立的小草

现在，我必须从一首旧诗里返回
让枝头摇曳的芬芳和我一起转身，问安街里乡邻
早已忘记我名字的面孔
在生命涌现的街头，紫槐花年年盛开

远远的，它们不再喊我

在一首听不懂的粤语歌里写诗

人生，如一枚坚果
卧坐于其中，或鲜或旧
身影，在闪闪回旋
满盘皆雪，忽突而过

沙子一样的人与一切开始和解
有所谓的悲喜，微弱的辩答
尽如人意
或不尽如人意

院子中央
一场没有悬念的雪
多么平整啊，让人间不再起起伏伏

当你寻不见我的时候

我依旧过着挤公交，上班下班，洗衣煮饭的生活
人潮中晒得黝黑……

夜里，我在四瓦的灯下照镜子
总会照出两个人
一个是先前的，把黑夜当白天过的人
一个是现在的，把白天当黑夜过的人

任何企图都会毁坏一个事物的美好
而你，刚好错过
轰隆隆的雷声
在一本旧书里腐烂
到底有什么
发出一声震颤?

大自然的一切
我都抱着，像怀抱一个浮躁的夏天

四十年的雨沉甸甸

我抱着四十个春秋，转悠了一天

——她怎么这么轻？

秋　分

跌倒，不是疼才哭
是有比疼更辛酸的事

露水一样的话，最后说或者没有说
捂过秋分，都会如低头的谷穗
沉潜腹中

真话锋利无比，在未加工之前
顾忌，取代了脑海中迅速崛起的风暴

我们接送夜晚的星星
平静地看着惶恐
米粒般路过人间，而我还愿意
小心翼翼地坚守

你不可含怒到日落

人世轮回，季节轮回，苦难轮回后
福报像那颗木板上的钉子
等我们自己来拔出

说不出是否最爱
冬天寒冷的冰光，相比
凝视洪荒之堤和安坐的日子
我认为这样接近目光的闪耀，越安静
越能超出自由与悲伤

干树枝发出喧响，在空中
脆生生地写下一撇一捺
外面的田野，被北风吹着
没错就是它，又近乎平静地告诉我：
你不可含怒到日落

风

越是风大
越想出去走走

这时候
世界是空的
风是空的
衣角下，慢腾腾出走的灵魂是空的

落叶，跟着秋风跑出很远
停靠在一个角落
像个无家可归的孩子

一个孩子，高举着它
唯恐下一场寒凉袭来
它，再次失去方向

感　谢

经过巴彦高勒小站

我开始解封自己，像云一样

哪怕立即消散

也有薄薄的好多层，缥缈的炊烟

没有跟上来

我的心，拧了一下

沙漠中的小屋

忽远忽近，蓝色天空下

几坡羊群，忽远忽近

沙丘，屋顶

落满尘埃和雪

在刚走上来的旅客身上

越来越大，羊群渐渐模糊

后来，我知道

我的心里落不下了

感谢火车

带走了一切

启程帖

我始终看不见那个安置众生
传递智慧的人
即便：天时地利人和
我常常看不见自己

一切有轮子的车，繁忙
大部分词闪光
写下，即可照亮城市。但我没有使用
梨花，此时不开
风，吹在心中

心中有神命里就神多，心中有妖命里就妖多
有些话想了想还是不说了

第二辑 铅笔信

屋顶的鸽子

老屋院里的昙花
困在一场暴雨里，无处藏身

雷声滚过，雨停，昙花落
鸽子飞上屋顶
它们相互叙述着一朵花的经历

咕咕叫着
就像喊我的名字

千里，潮汐安好

待她返回北海老街，墙根苔藓已绿
三角梅落下来，被雨水冲洗

夜夜听海的诉说。千里，潮汐安好
圆圆落日
多好啊，不能轮回的人，与轮回的万物一起

火焰之外

阴云在天空平铺开来
然后，渐渐地将一些语言覆盖
说出和没有说出的
终将隐秘在一个人的腹内
像一粒镇静的药

即使飞得再高，即使贴近泥土
谁也不会留下足迹

一段记忆像翻飞的纸屑下落不明
另一段像青山
坐落于火焰之外
我在那里埋藏着勇士的剑和斗篷
足够你寻找大半生
对于还没有拼凑完整的记忆，我想轻描淡写

山 中

秋天，用一片树叶回应大地
太轻了
树叶堆积，我担心下一次
找不到你曾驻足的地方

它们一旦枝繁叶茂，我是分不出来的
分不清树下哪片位置都有哪些人，为爱那样虔诚

我不曾在此祈祷过，因为
我还摆脱不了落叶对孤独的纷扰

词的安宁

我心里，有一条猛江
水越深，人世越轻
我那么在意，我说过的任何一句话

日子久了，雪雨纷纷落在屋顶
最后消失在空气中
我还是担心

有一天，我没有说出的话
会成为震耳欲聋的喊声，会汹涌
但没有

这个世界
总有点，不相同的声音
带着词的安宁……

垂钓者

镜湖只有星星闪耀。水波安静

被暮色有意困着的时间
从水里返回天上

垂钓者少言寡语
芦花密集，陪伴他度过无人争论的一天
难得无人争论
看不见的高下，寄居于体内
他保留它们，如白日的光芒，已然全部压进湖心

人间的疼

彻彻底底，做一个爱慕自己的人
这样才配得上我年事已高
我是在自己悲伤里长大的人，必然经得住
趔趄。

秋天的雨只说了一个开始，而我却
把自己引领到荒漠，没有冬青花的荒漠
我把日月唤作我的母亲和兄妹，我的爱人
是满天星辰

无数首，没有结尾的诗不甘陨落
荒漠、石头里吐火的人

谁都有勇气忍受，人间的疼。

路

有时似懂非懂，
舍得的真正含义。穷尽半生
无非我做不到
为了功名利禄
年轻时，身上免不了过多浮躁
现在我依然
在逆境中修行

砍掉一身苦思冥想，卸下毫无意义的征途
把我走过的路，打扫干净
不让一粒尘埃，迷蒙在芥子心上
百年——万世以后。一个人

相识多少人
这辈子是有数的
上帝从你身边
拿走几个，也是有数的

处 暑

仿佛一场远行，从童年走到今天

仿佛从战场上回来

我把乌云遮蔽的月亮和故事

以及镰刀下的处暑，送还家乡

一场雨拯救了草、鲜花，淋湿整个原野

原本不陌生的已经开始陌生

好在道路并没有因为雨

泥泞不堪，风也竭力带我穿过

岔路口，仿佛一个人搂着一个亲人的臂膀

在故乡的草原上我不断自语

在渺小中宽恕自己

高大的树木下，野花低矮
莫尼山，昨夜被清泉吵醒
草原把守的阵地
突临阵雨。万物都在赶时间

我在渺小中宽恕自己
放射出橘红色悲悯的夕阳，与我相撞
云彩聚拢，雨水激怒天空

在大地这里完成飘零。回到屋中
整理过去和有关雨的记忆
雷霆成为恐吓我的人

我的胸膛
它压得那么低，让我觉得
痛苦和寂静将被压进地平线
在那里，等待出生

浮生物语

微小的浮尘
放开主宰命运的光，它更轻了
在苍茫的路上，浮上来
尘埃安好的黑夜，什么都在看
满天繁星，一个一个照耀
一个一个离开

我爱这盛大的黄昏

带有缺憾、满足、无法概括的
——昨天，渐渐浮现

来自鸟的眼睛
来自头戴珍珠的麦芒

我喜欢
在赤红中，埋葬金山银山：
铁一般的身躯

我喜欢
在质疑的声音里，看自己拿起箭
射灭火——挺身冒险

这盛大的黄昏，如我冒险归来。

中　年

黄河水偶尔清透
流经巴拉贡，向西，草木旺盛
树荫铺展一寸，麦子长高一寸
我在其间学会了拒绝、告别

捡拾
遗落的金莲花种子
修炼言语。虫鸣呢喃了整个夏天
我原谅了人间所有的错
尘飞，雨落
在鹰翅上，写下世人看不见的经书

中年没有之前，没有之后
没有假如。因为
我们活得太像自己
无非是忙着做事

风起时

才又想起不同的人

愿 望

钻天杨的琴弦
呜咽，像山中有人吹箫

岁月划过的痕迹，摸不到
尘土将世界融合为虚散的整体

打碗花加速生长
群星，密布于天幕之上

犹如巨大的袈裟罩在头顶
包括寂灭的，也包括我们

只此一生，我喜欢这样走一走
甚至喜欢，在野外拥有一间茅草屋

像儿时，躺在沙地上看瓜
忘记时间，且睡得十分安稳

所需物品越简单越好

那时我忘记的，与我记住的相差无几

多年以来

别人的语言
像别人的眼睛一样
不适合我，我的语言受训于
朝起暮落的每一天
知天命时将太阳和水带进身体
这一生
我已从中得到太多恩惠

这来之不易的祖训家规
我必须遵从
恩惠是命运之神，无私地馈赠
总有一天我会消失
我的姓名
足以证明我谦卑的来龙去脉

而我——是
经过深思熟虑，才开始变老的

我面向的日出日落，从没改变

有时，你像雨不听话
跑出来落在一盏昏黄的灯上
滴着水

你来时，穿过马路对面的小树林
你来时，我小心翼翼地卷起莲蓬

我想象你是林中的狮子
有时也会想，你是一只猛虎

其实，你只想是个诗人
诗是一间空居室
而我不能用藏有污垢的扫帚打扫它

这时，稻田在风中凌乱地摆动
颗粒在清算秋天的债务
而倾盆大雨瞬间落满怀里

原本如此

原本如此啊

我面向的日出日落

和你，从没改变

与生活和好如初

很多年前，凡事觉着碍眼
很多年后，碍眼的还是碍眼

不再追究原因，处在生活的荒原之上
我不得不学会与你擦肩而过，与生活和好如初

叙　述

视力模糊

不知从什么时间开始的

宏胜村异常清晰

时间，改变了很多

我们不想丢失的

正迈着光明的步伐，扑向阳光

骨骼，一步一步退化

如倾倒的书籍

现在只能听别人，透过光线谈论自己

这时候，一切仿佛与自己无关

又与爷爷走西口有关

与那个村子

唯一属于她们的旧房子里

走出来的每个人有关

那所旧房子空着，离开的人把秘密都带走了

仲　夏

时钟响的微妙

每年，都有死者离开钟声的挽救
或者，永无尽头地磨损

每年，枯死的黄榆从体内送出嫩芽
或者，以命换命

每年，我将浪费的泪水遗弃
或者，不顾饥渴咽回肚里

当我止住眼泪，时钟又敲了一下

自　然

大雁排成一行
越飞越远，神乃自然本身
自然——
命定追不上的事物，一次一次地消失

仿佛深不可测的谷底，望久了
全是不语的石头
风把山间吹出一万种声音

多年前，他这样喊过我
自然也这样忘记我

铅笔信

仅存的书信越来越少
原有的也泛黄逐渐模糊
服侍日光和重浊的事物是疲惫的
磨难，坎坷，本就是一件
虚假的外衣
弃置已久
明天，需要光亮
一个又一个我，小心翼翼
重复做别人喜欢的工作
走没有尽头的路。天气灰蒙时
我总喜欢用铅笔
写你的名字

远

什么声音

总在刺目的阳光下响起

流沙般滚过凌晨刺骨的水

许多事情，今生只能告诉一个人

如同灌溉农田那一年，眼睁睁看着

无边无际的黑暗穿过黑土，流水捎走天上的明月

鸟鸣远了

河水流向地心深处

宁静、喧嚣，每一天都在贴近黎明

许多事情

只能告诉一个人

未来的每一天我都不会怪你

七月，蛐蛐在月光里叫
十月，草籽落地，你如何漠视
无人讲得清，存在的沉重和轻盈
你骨头里平放的十字架
比海水汹涌，带着腐蚀的盐

说吧，读出每个字最重的音节：
下弦月照耀这样的秋天——把光阴浪费成碎片
让秋风，让落日，让恒久的星辰给出启示
让咽下的粮食给出启示

年岁始于立春，终于大寒
翻开二十四节气，雪已经把我下白了

我怎么会怪你呢？

或，深秋

飞过城市建筑物的雁群
不知是不是去年的，那一拨

看上去，什么都没变
故乡身带密码的落叶，涌入城市
把绿和黄的定义摆在眼前
行人相互攀谈，不由自主抬头
仰望天空

树叶起舞，雁群盘旋着回来
排着队鸣叫
仿佛在谢恩

当这种声音远去
仿佛整个世界只剩下我一个人
孤独前行

无用的假设

收破烂的中年人
没有被生活的垃圾
玷污，压倒
他无视困苦，正拉着被人遗弃的旧衣服
穿过新开盘的小区

假设他住在这个小区
不，这种假设谁来通过？
同样的水泥、钢筋在这里
涨出天价

假设，他能有时间
坐下来，欣赏飞流如瀑的喷泉
荷兰菊，铁线莲……
从卑微中走出来
走去，除了垃圾桶任何可以留步的地方

假设阳光也是旧的，我是否可以
斜靠在缕缕光线上
等旧事物跑出来，抑或轻松跑掉
偏偏人生不是这样

感恩朝夕

在若干个冬日
躺下入眠
如一株植物

植物睡了，春天尚可醒来
我不会为此拖延时间

带回青菜，放盐
炒出味道。用母亲的老花镜
翻阅书籍。超市门口

风吹着野玫瑰跑过沃野街
不再回来

想起一次冬捕

不用奔赴就能从容地走向死亡
只有鱼们，敢带着流淌的血
卧于寒冷和疼痛之间。
海龙王在水底清点鱼的数量，鱼们并排躺在冰面上
只有天空，看见它们张了张嘴

人间的火，油，硬币，都砸向这里
轰轰烈烈的葬礼，三九天锣鼓齐鸣
众鱼用下陷的眼神接受了一切喧闹
然后，它们安静地躺好
总算走了，散了……
乌梁素海最后一层薄冰化开
一条小鱼上来呼吸，博人一笑
可惜人们只议论：那天名人可多啦，冬捕圆满成功

山 路

　　暴雨闯进一座山里，从早晨开始，难以预料余下的
时间
　　琵鹭照看幼鸟，衡山，我顺从上百种植物，顺应天雨
　　拾级而上，雾霭在山间轮流升起，还好有茶，雨线
迷离
　　树叶旋转，古树仿佛遗弃了它们，还好有你

　　琐碎之物在来时的路上越来越轻
　　索性在这陌生的环境等太阳出来

　　道路，一点一点淹没在抬足之间
　　这雨不适合过多地停留而时光越走越慢
　　我又怎能抛下一切？

　　山石嶙峋，千年不曾动摇，闻听了多少世人的悲歌
　　日渐高入云霄
　　陷入雨中的香客，飞升的香薰，是否继续走下去才能

接纳诸佛的普照？

山坳过于沉重，万物皆被清洗干净，寻佛的人把祈福
留在山上
我想短暂地照看这里，车前草，椪木花，葱郁的六月
请再鲜艳一些，我的爱人正从此经过

新年和汉字

写诗年头久了，寸心如镜

越发觉得自己卑微

温暖来临又远去

尝试众多题材中，每个我

提笔落笔时，如剑

刺进肉身

对不起汉字。此生

我拿你感谢朋友

诅咒仇人

恨过的，爱过的，记住的，放过的

我拿你惩罚自己

我拿你仰望雪山时，坠落两行泪水

我拿泪水保佑亲人

洇湿朝圣的路

我拿你写下最为重要的事

磅礴气势的大江大河

被群山包围

我拿你赞扬
去过的许多城市和村庄
叙述所见。虚构各种王国
在河卡山路上，甚至崇拜过一只独眼的雪山牦牛
在河套平原，一次开镰的麦子
让我，看到了盛世太平

天地万物在上
我无数次拿你忏悔，在陈旧的日子里原谅
亮出豆腐嘴刀子心之人
以及薄情寡义
又一年初始，好多愿望
不可能实现
但无碍于继续生活

没有填列的不是我有意忽略
而是我不想再徒劳填充
——我知道
终有一天，你我两不相欠。

心一旦敞开，万物均会飞到神应允的地方。

第三辑　在远方

小紫花

小满和往常没有不同

日光充足。瞬间让人可以忘记很多事情

只有新的光线移到身上，倾斜出鲜艳

面对你，我说不出一句

泥土和花朵之间高尚的言辞

所以你只能这样，静静地看着我离开

像熟悉的人走过熟悉的街道

三番五次把我带入梦中

碎碎的小紫花，我爱你

每当经过你身旁，我都会无端地

爱上，你的小和不起眼的生长

季节湖

朝格火山遗址
前方不远处，有一片不小的季节湖。

湖前年被填了，种了苜蓿草。
牧民逢人便问
你知道原来有多美吗？好多不认识的鸟
都来这里喝水。

火山看不见湖，看火山的人也没原来多了

一季一季的苜蓿草
和新土地
填满了湖的心。

双合尔山

一块石头的命运
无非是一个旅人的灵魂出窍
通向荒野的孤独

这是与阴霾交换的礼物
面对一块石头
我无法说出它的悲凉

这又能说明什么呢，我的本色
是放一块石头归山，任凭它不在意
收起温柔，寂静地
与我道别

原野上

一定会超过

获各琦苏木乌宝力格嘎查

原野上

那座巨大的寺影

这些亮丽而金色的光

投射在一层一层瓦檐上

投射在我脚下的空地上

那超过苍茫的光影

也一定会超过我的年龄

黄昏总是赋予善岱庙更多的庄严和神圣

云带走的只不过是

刚刚读完的经言

在远方

生命里有一场
相遇
在远方等我
我仍奔忙于人海

白云像是有人放在大青山上
下雪了，山就跟着白了

我心中的灰暗
由灰变白
还隐藏着一处浑浊的河水
不肯就范，它始终流淌
这么多年
不知用去多少汉字

大青山小坐

我已经不能评定自己了。在我之上
植物的语言，高深难测。
叶子和枝干都
与我的智慧有关。当你也说不出
根走出多远时
我重返大青山

把生活中不能开花的树画在纸上
为了接受未知的尘世，画下荆棘

那条无人在意的小溪
也是我爱的部分，如果它愿意
我还想在纸上
——写出十里春风。

拉卜楞寺

不能喧哗，不能在酥油花和长明灯
芸芸众生到过的地方，
无端议论。寺内，有柱子、经幡无数
不能歌哭。

杂念，不能响彻大地。不能
出来，磕头。

一席之地，安静下来了
除自己
还在以肉身跪拜
拉卜楞寺，已变成了巨大的空。

寺门敞开
每一次，佛都允我
许一个新愿。每一次
我固执地送四季，送流水，送无知，送

旧我
用微弱的光芒，接近你

危险、刀剑绝尘而去
暮晚，终于
抢在骏马和时光的前头，来了

像尘埃落定，
山脉与火焰。

那　么

平原北面是山
山北面是沙漠

沙漠北面是草原
草原北面是森林

野桃花开在山中
狼毒花开在沙漠里

雪绒花开在草原上
独叶草开在老林子身边

戈壁遥远，星星那么亮；希热山，古泉那么清凉
飞鸟的翅膀，那么轻盈；遇见死，生命那么脆弱

漫长的一天

天气不好
我们默不作声地接受折返
栅栏外冻死的羔羊，蜷缩着
蒙古女人的头巾，在昏暗中飘动
顺着她手指的方向
我们上山了

攀到山顶，忽然没有了远眺的欲望
任何一句话，带上山都觉得多余
傍晚的风抽打坚硬的石头
我们经过峭壁，心照不宣

迷路，遥远，把一天拖得很长

我从灵峰山走过

细草遮住大地，掩盖住
旷世的荒凉

穿过开满杜鹃花的丛林，黄昏
和暮色结成一队，峰，结成一队

慢慢走——
低声道别

遇见雾霭
我希望，山年轻十岁

遇见云松
我希望，大地年轻十岁

诗写了一半，我想起
两块石头，也需要写进来

寄日照

光线，从不同角度照过来
而我感觉，有些光线
是第一次遇到
它原本在活过的日子里
日夜穿梭，待你重新审视
忽然会使肌肤发烫
让思绪，从哈隆格乃山开始
滑翔至河套大街

凛冽遁入夕阳，来自
北方的风
茫茫大雪覆盖的足迹和几根芨芨草的灰烬
表象顽固的石头

漫山遍野，都存有古老的温度
鸡鹿塞，在荒野里沉睡

桑椹子，我想起成熟的果穗
和树下酷似流浪者的身影
眼下只有桑椹子
它此刻离我很近

小 村

一个离开故乡很久的人
根本不把距离看成回事
她的去处
与屋后的大青山
从没有分开过

天空 透亮
注视人间的痛苦

先于农作物发芽的野菜
说着方言的亲人
在她梦中打盹

还有一岁一岁老去的小村

每次回来 她都想
打个草稿

再动身……

从加深加重的轨迹上回到那个去处

草原之上

它们有一种沉默，在月光之上
与风雨交流，在无人在意的料峭里开花

它们有一寸土地，在高山之上
不懂得逃避，也没有再好的选择

它们有一段絮语，在草原之上
即便遇到雷电，也要在闪耀的刹那绽放出永恒

它们刮一场东风，在诗歌之上
在这里，怀抱春天，它们跑得更远

它们是草，是树，是没有姓氏的花
在这里，毫不惊人地破土而出

这里，有难以估量的生命
在泥土里延伸

我们活得很矫情，不像草木制成家具还可以传承

因此，只能以一个诗人的身份

活过今生

阿斯哈图断想

不必等惊蛰，在风磨雨蚀深处写下信条
不必等谷雨，在旷野前泪流满面

不必等我，世间那么辽阔
倘若辽阔无边，它们太像诗，我就不像自己了

石林底部相连，在阿斯哈图
缓慢生长。长一层，高一层
那次和这次，我都阻遏谈论生死
明知我们谁都无法避开

青铜坐狮

总会想起 C487 的列车上

昏昏欲睡的那个人

上午，我在呼和浩特博物馆

刚刚观赏完一尊青铜坐狮

它身上有火，有麒麟

耳朵像天狗

欲睡者，似睡非睡

偶尔坐起来望向窗外

连绵起伏的莫尼山

沉迷。山头布满白雪

像极了青铜坐狮，平视人间

跨过枕木，忧虑和时间的陌生人啊

你思考什么呢

列车穿过山峦的身体四周逐渐变暗

夕阳散射光线

你被照得通红的脸上斜飞过一小块云彩

留给乌拉山

云雾中的乌拉山
天的裙裾
野杏树挂满花蕾
像是路人的火把

说不出四月起伏的颜色
说不出经过身体的河流
山在浮世沉睡
在北方寂静

发光的马蹄轻叩大地
没有事先的谁
为叫不上名字的植物放缓脚步
乌拉山这北方的夜
巨大的空匣子。月色里
你又迷失方向

天地都在旋转

安于山岗的野杏树，只有她

开出静静的花

我不停地，借用来日方长

熬过贫瘠与苦难的人，都有一把硬骨头
像北方冬天的紫穗槐，结满疤痕

还等着赞美什么呢？

不能归零却挡不住时辰的行者
如飞驰在高速公路
走直路
也走弯路……一次次出现另外一条

我不停地，借用来日方长
遥望黑土和冻伤的流凌
黄河西南，浑圆的太阳
像一盘老石磨继续滚动，自转
——同时被地球牢牢拽住。落下去

刺痛了我的两肋

赛宗寺的雪

赛宗寺……很快就会下雪的
飘飞、零落
最终成为
寺里古老大缸里的净水

用想象听
在赛宗寺走路的僧人。清早
逢雨。他
吸纳风吹过来的雾气
整理书架，调整位置
几次从书架上找到熟悉的名字

漫天飞雪，磕等身长头
想去赛宗寺看看的人
他相信慈悲，感谢世上存在的缘
存在的告别、相逢

赛宗寺的雪，夜晚晶莹

没到过这里的人，在梦中

匍匐

雪，发出咯咯吱吱的响声

你看，它已呼啸

落叶在山中飘落了很多年，很多
叫不上名

当乌拉山的白云，滑出蓝天巨大的衣袖
你看——孤独的老榆树

我正欲动笔，它已呼啸着摇落
一地黄金
不在乎被西风卷起

乌拉山，见过，
像我一样的独行者

认出老榆树，并在日暮之时将天赐之物
划归给红彤彤的苍茫
退出群山

莫尼山

云朵走过牧场，路过北方那么慢
如同我，注视墨色苍茫的山顶

厚而重的白昼交替的日子
轻薄而活着。我们从不向自己说谎
也替别人隐藏了谎言

茇茇草退下记忆，莫尼山
难以回还的光阴，平淡又真实
与今天一样

夕阳像千军万马，飞奔
在草原
撬动荒凉时，未发出任何声音

一轮白色的月亮
安静

替我沉默并

抵达山顶

树 下

巨石埋在石块之中，逐日冷冽
树叶金黄，并入山脉
太阳毕生燃烧朝向你
跨越沟壑的光芒，朝向山谷

神灵和凡人面前的茂盛，聚集小井沟
一层遮蔽一层，落叶落在树下

惊扰为我祈祷的人

在宝古图沙漠

一对骆驼母子
被分开，紧接着
沙峰后传来小骆驼，嘶声裂肺的哭声

骆驼妈妈滴下眼泪，沙子洇湿
又晒干了

另一边
游人轮流骑着骆驼妈妈拍照
整个下午
她不停地工作，流泪
同时把沙子和泪水区分开来

想起我们才是该哭，或者
被哭的那个人

天色，已暗

白　马

梦幻峡谷深红色的山顶，和一切
融为一体
白马迎风站着
在这里高过它的，只有天空

敖伦布拉格的风
从沙石吹向旷野

年长者，都能看懂我的年轻
我的羞愧、我的逃离、我的脸
面对昨日
在祈祷

峡谷中，石头似乎也会告密
声音——
充满偶然

额吉手握缰绳，凝神远眺

白马，最终会被

牵走，离开崎岖不平的岩石地带

如同我

总会从长梦中醒来

了无遗痕

照　常

北方的深秋
照常会落霜
羊在树下
照常吃草
它低头吃鲜美的叶子
饱满的花朵

再仰起头
嚼碎枝干
这时，它出神地
发出咩咩的欢叫声

扛过寒露的苜蓿草就这么丢了性命
天空把所有的时间揉进蓝色
远方照常俯视
三只羊照常
在装满青草的独轮车上
撒欢儿

去往本溪的路上

雨水，并没有让我成为一个
五谷丰登的诗人

黄昏，暂时宁静
郊外的稻田一片赤诚，枫树和山楂树
为大地授予金黄的桂冠
光、水，此刻拥抱生命

在记忆中
我的某个时辰，消失在雨中
舍去孤独的权利。时隔多年
我又怎能折磨时间

回到旷野
回到绿叶，雏菊，宝石般的红石榴身边？

站台以外

疾风吹过

巴彦高勒车站以外
几根灰鸽子的羽毛，躲过拥挤

匆忙之人，视天空和大地
为两所房子，但他们还会回到更小的地方
哭泣

今夜，这么多雪
穿过我的身体，飞向铁道线

坐在富强村的木桥上

河水以清波映照斜阳

斜阳以芦花勾勒出自然之美，他们甘愿

把身边的都给你，光晕推着素朴

和被忽视的平日，一边向前一边哽咽：

这都是你的

这都是你的

低悯的声音，让你无法后退一步

你怀疑自己

喊声里，有你遗弃的，你很快想抱紧这一切

胆怯开始退了

这不求回报的给予

已经承受不起

——突然

你抱紧自己

双河镇的梨花

一朵花，只要开了
河头的风就别想动它

树叶发出声响，枝头摇晃
一朵花，只要开了
它就甘愿在人间，这么
悄无声息地存在

日光照射花瓣，隔开尘
鸟把云喊上树冠，把雨喊上屋顶
执拗的少年回到树下，草籽破土而出
少年原地老去，梨花，开了

这不说话的梨花，固执地
开在一棵没有年轮的树上
再不会落下来，双河镇
燕子归来的小镇

人间的梨花，如约开放
这是多么美好的日子

昼夜雪白
昼夜洁净

塔尔寺

寺里，供奉神

涌进来的脸孔比神多数倍

人们，似乎不记得

这是人间，菩提

听见钟声，白云软得如唱经

我是寺院里智慧有缺陷的人

此刻跟着成批无征兆的步伐

背着永不安生的产物

举目，闭目

举目，闭目

信奉者祈求悲难飞升

贪财者祈求高官厚禄

当无罪的人也需要救赎，我发现

白色的酥油花开满塔尔寺，我发现

男子摸过的经筒
我摸过
女人迈过的门槛
我迈过
孩子张望的经幡色彩鲜明，温暖
从没停止转动

多少人到过的塔尔寺
我的心
是个哑巴，千里迢迢来
千里迢迢去

在海边

清晨仿佛是日暮的
舵手，迷恋日出日落的人
无论刮风下雨
都有一场未遂的奔赴

在北海金滩边上
单单不敢看大海，怕汪洋
直抵秘密的心脏
哪里是岸？

并非有悲伤，或是
海水与巨浪的契合，退潮之前

我用力，将眼前这片茫然打上死结
并把海搬在了岸上

两棵树

黄浦江上的水和船，换了一批
我一个人路过此地

许多叶子还藏着夏天的绿色
银杏树遮住我的影子
仿佛一棵树
站在另一棵树下
偷窥静默者的孤寂，我打算等到日落
那样，谁也看不见我模仿过一棵树

桑根达来

你有金莲花
托举尘埃。白云起伏，风向正北
你有羊群庙
燕子飞上屋檐，听
喇嘛，在阳光下低头诵经

你有黑风河
朝拜的人，每走一步，绿草都会点头
你分水鸟给寂静无声的晚霞

桑根达来
雪，白了夏营地，松林，只为归途

你分沙漠给草场
你分湖泊给牛羊

桑根达来

清泉，流下山坡

你用炊烟

捎出洁白的口信

自我忠诚

莫名其妙爱上许多词，仿佛我刚刚苏醒
从一场模糊的烽火连三月
放下战刀，放下犹豫
铁骨铮铮归来

人都变成了山石，衰草在下跪
月亮、海的味道，抢着取悦凡间
我想多看几眼
我的青春和热血

我的经历
我的挫败，已经麻木悲伤的能力
被戏剧性地搬出来。河水平缓

我们在各自的世界里
涌向远方

辞别前

黄姚古镇上，雨不会和任何人商量
或许，黑夜穿梭的人
需要湿润的空气
卷走内心疯狂的野草，悲伤的影子，心中
嘀嘀咕咕的敬语

辞别前，紫红色的三角梅落在脚边
如同青石板一样，发出微弱的光

黎明之光

月亮是第一个守山人
带着发光的树，漫山的石头
分割草原上的时间
直至我
从另一条路上走来

暮色，落入大海
或一所房屋的背后，对我来讲都深不可测
唯有纸笔
随时可以谈论草木起伏
以及琐碎之物

在群山之间
它允许诸神亲近大桦背，允许野桃花
人们和我
在黑暗中，低低地
举起黎明之光并接住永无止境——

小　桥

河是没有名字的河
桥坐落于上，没有名字的桥
供几代人来往
我们叫它小桥，或什么都不叫

回乡的人，住几日便离开
这时，落日一寸一寸跟土地告别
它将村庄、道路、亲人的脸庞
重新照耀

环绕四周，犹如落下去的童年
多少次不敢回头
在小桥上
我剩下的路
走得很慢，比静止的水
还慢

雪

我读不懂格桑花

在最后的生命里，为何选择

让雪

轻轻覆盖它的身躯

我读不懂大雪

不规则地飞舞。簌簌

空举银白，降临后不知身归何处

飘吧

——沿哈拉合少

以最轻，最薄，天地间毫无知觉的

疼痛与分离

岁　末

我像迎接神那样
用我的特权静候早晨的到来
有时我爱这一无所有的开始
枝寒高冷，鸟鸣显然让它们比我更懂生活
天空近乎灰白，夹杂着半透明的未知
虚空的等待。太阳升起来
制造出新的声音，执着
逼迫你像平日一样去生活
繁杂沾满风尘，加重后

退回体内，想必又要搁置很久
金红的光线压过尘埃，绕出巷道
我看见斧子把木柴劈成两半
神没有来

第四辑　下雨了妈妈

人类的忧伤

——我同意你长成三月的太阳
烧灼春风
而后，找出满山桃花

你来了，驱走马眼睛一样的
黑色
只身盖住火

写 作

诗或小说是从我命里分支出来的
也许有人不喜欢它胜过蒿草，刺槐，沙尘暴

如母亲看一眼，它们立刻从泥潭里发出声音

在我穿过山谷般安静，悠长，狭窄的黑夜中
反复滋生出耀眼的光芒

我的母亲

母亲的头发白了

怕风吹

她编织了各式各样的帽子

白发一根接一根地催促

母亲开始周旋在单调和渴盼里

似乎世界给母亲的寒冷，也一天天

由少变多

村口的胡杨，落满霜

脚步蹒跚的母亲

重复和习惯：一个人的午餐

很长时间

她戴着老花镜，坐在秋风里

数豆子，一颗一颗

仿佛数完

她的孩子，就会回家

煮汤圆

是不是母亲煮汤圆时做了一个梦？
姥爷、姥姥，爷爷、奶奶
我父亲都在桌前坐着

多点，再多点，不然不够吃
满锅的汤圆熟了。母亲手里拿着勺子
站在那里，发呆

台　阶

脚下的台阶
走顺了几乎不用怎么看
自从一朵蒲公英开在石缝里
我们看花的时候也看看台阶

每天午后
我和母亲都要下楼来
蒲公英看见了，台阶也看见了
我们相互搀扶。默默站定
一小会儿

就是这个瞬间，有个声音
焦急解读
竭力给"相依为命"四个字让路

我和母亲被这声音刺痛，缓慢地迈下台阶
仿佛忍着泪水，忍着疼

松开后，我们又找不到这个声音
来自哪里。院子里起风了
——没有蝴蝶在丛中飞舞

下雨了妈妈

一只碗，是孤单
锅里的饭菜
刚好盛下
是孤单

微信窗口有妈妈
隔着手机屏喊
下雨了
——妈妈
没人答应
是孤单

妈妈下楼了
403 是孤单

摆好的饭菜看不出冷热
牛肉酱是上次寄的

没有开封
在老地方
是孤单

哥哥留言
妈妈我上车了
那人还在窗前
瞭望远方
是孤单

身后的马莲花呀
你把妈妈的头发照得那么白
每一根都白了
多么孤单

花　园

母亲攒着瓶瓶罐罐

不许别人丢下楼

甚至前边丢，后边她又捡回来

——我之前怪过她很多次

她从不辩解。菜根菜缨子，统统放进

她的花瓶。腊月，白菜开花

接着，萝卜开花

紧跟着，蒜苗、洋葱、芹菜放满窗台

大部分时间

枝茎青翠、花朵迷人——

赶上谢花

母亲自然有些失落。擦窗台，扫地

清理金黄的白菜花以及

枯枝败叶

母亲，一边顺着风扫

一边查看
哪个瓶中还有花开的迹象

像极了对着镜子
查看她的花白头发

个别时候

苦豆秧苗，已好多年未见
母亲举着它，一个劲儿给我看
灰绿色，与逝去的那段岁月十分相似

可惜，一切飞走了，只有诸多重叠的日子
还泛着崭新的光泽

我们的一生
都在人海中竭力穿梭，个别时候
遇到有灵性的乡间植物
突然站在面前，像某个外省亲戚
打听到我们的下落

我听到母亲跟它说话
小声哭或者笑

恍然大悟

那些年，总有擦肩而过的人
自言自语说着什么
没等听清，相互已走出好几步远
如今，我走在大街上
也自言自语，我怀疑
我和他们是不是说着同样的话

只有自己才听得清，才明白怎么回事

种麦人

你没见过最美的月亮
洁白地穿过云朵

长久驻足的仰视，引开了机器的轰鸣
这风中荡漾的七月，少言寡语

沉甸甸。就是那些秋天
太阳给的恩赐，让它们低下头

从泥土中蠕动着出来，长成人们需要的样子
在摇动的细腰上，卸下黄金

种麦人，走到麦田中央
他默默注视的大地，空旷连着空旷

五　月

此前，我完全
没有在意，甚至没关心过日落
河水结冰，万物复苏与孤独本身会结为一体

有些声音，像风经过石头
一样遥远
置身于其中——

我是醒悟最慢的。母亲
从不怪我把她从老家接来
"你爸说，咱们的庄稼
是全连队长势最好的"
我明白她这么说的意思

那片田，尚在
天色晴朗

五月，我们听到
麦子呜咽，和土地关闭的声音

诗歌日历

年，于我
昨天一场大雨，今天一场大雪

我逐年变老
母亲则会更老。小时候
村里最穷的人家
大人孩子都不喜欢过年，走不在人前
意味着我们会失去尊严
已不再拥有的，至此时我仍然惦念
人到中年，依旧不喜欢过年

母亲从院子外的亭子开始
歇三次，走回来已气喘吁吁

年啊
你也是一天一天记录过悲喜的人
我实在揪心于此。母亲将桌子上

那本诗歌日历，读一页
翻过去

昨天，被翻过去
今天，被翻过去
明天，也将被翻过去

那日，我给母亲端了一个刚蒸好的鸭梨
她说，先放那儿，等下吃
随后，拖着沉重的老寒腿从卧室跟出来
站在那里
把给自己的一日认真翻过去

晒枕头

我将母亲缝好的杏核枕头，推在太阳底下
迟迟不能入睡，看云
安静的狂躁的
像跑过裸野的马匹

曲声悠扬
母亲在院子里打太极
燕子贴着地面，仿佛秋雨还不够欢畅
而此时
斗转星移，我们都在变老

看她锻炼
看她在自己的身体里写一本
关于母亲的书
尽管她的孩子——也深陷
时光之中

歉　意

离开，回来
又离开。经过乌加河流域
多少次像块石头，一言不发

从一座城市开始，谁愿意
飞机上，望着云海和地面思前想后

风，从两耳飞过，我的心酸
无尽
回不去的人，一年到头
哪种决定，都有

滂沱大雨引出的歉意

我们分别的黄昏

我以为，这样的风起码要刮一整天
我的预测失败了，失败让我歌唱时光
倒写的人生
一个不剩踢给我
八月，在我们分别的黄昏
白杨树的新叶子接住
歌声、雨声、笑声——
仍然有发芽的
茄子、柿子熟透了，低垂在院里

死去，复活
它们，复活
它们没有死，只是外表死给世界看

久而久之，除了窗外天空生就的蔚蓝
隐去的部分我便也不关心了
仿佛逝去的光阴和着逝去的一顿晚餐
合情合理的——蛊惑和赞美

和风轻柔

我在消逝的时间中，赫然迈入中年
觉察到，父亲很多当年的不易

我和父亲相像的部分不算多
比如他缓慢而我急躁，他走到院里时
习惯拍拍身上，我喜欢跺跺脚

但我们，弓着脊背
系鞋带和看报纸的姿势
完全像一个人，包括微微耸起的双肩
肩负重担的滋味

故 乡

石头在时间中感知命运的轻重
偶尔挪向高处，偶尔被不知姓氏的人搬下山

曾经，这里有大片的庄稼
蝴蝶飞过苜蓿地，田埂细长细长

燕子春回
谁看见了我的父亲？
如今故乡太空旷了，老屋门前除了
又沉又重的碌碡，被杂草包围
剩下的就是我，和兜里认识我父亲的一把钥匙

七月半

坐在青秀山
看了好几眼太阳

挪是挪不动了啊
腿和山一样重

青秀山不埋人
可我就是想
多看几眼
土里埋着的那个人

未知世界

很多年前的一个秋日
父亲忍着疼痛
体内无数的大河水，正将他
滴滴运回——有如降生时

身体瘦小，轻盈
我们一直相信的存在被击碎
远远的，未知世界……会不会
有一个四方桌？

吃饭的时候，有人摆好碗筷
他们喊他什么呢？
深夜，父亲会不会独自枯坐
听细小的雨敲打紫槐树的嫩叶子

旧钟声里的怀念

总是这样，午后
阳光照进来
暖着长寿花的花瓣，露台
和父亲放在角落的工具箱

里面有一把磨秃的改锥
父亲曾多次
用它修理墙上挂着的那个旧钟表
磨秃的人生，老日子，老光阴
生活，也就左一下右一下
从塞北小镇摆到津门卫里

很多时候，与父亲短聚，别离
都会落泪长叹
父亲摆手的姿势，一次老过一次
钟声在黑夜
滴答得就更加厉害

有一天，父亲
柔弱到不能抬起自己的手臂
和他自己，永远地告别了

我的病才花 375 元
这是父亲留在人间的最后一句话

他不知道那是一天的床位费
他满足地笑了
他可以没有债务
轻松上路

父亲走了
走时胖胖的
手里攥着妈妈给他的一块香皂
干干净净，离开了尘世

天空与钟摆

除了你的声音，此刻
没有声音

我的耳中，充满我的哭声
不幸的人
一切都沾上了不幸。它们
将你围在苦难中央，在你看不见的地方
创造新的一天

终于苦尽了
搬家的时候，你亲手制作的钟表
被装上车，挂在新房子里

父亲，我想以某种方式让你知道
人间还有我。

深　渊

谈论父亲的时候
有些话需要避开母亲
当然，也得避开忧伤
后悔，叹气

时间，一泻千里

父亲走后，我不想知道
什么是深渊

磨刀石

那日，站在厨房
长时间擦拭
蒙在磨刀石上的尘垢
轻轻几下，抹布已经变成黑色

自父亲走后，磨刀石一直闲着

父亲冲洗磨刀石和手上的墨迹前，
他先端详锋利的刀刃。

我很久不敢在上面演练
如今它已经不怎么厚了
最终会被生活磨得一点不剩

我又放了回去。
朝九晚五，我成了世上背井离乡的

另一个磨刀人

光阴，嚯嚯。

在安宁中度日

几乎每天黄昏，喂完兔子
她都要透过楼道的窗玻璃
向外望一会儿

天边的云
变幻成自己的祖父和祖母

外祖父和外祖母，在另一处
是深蓝色的两朵。她想多站一会儿

直到看见自己的父亲
才扭身，回到屋子里

盯着母亲掉落在地的白发，发呆
——然后
抹掉脑海中凌乱的幻影

我不敢把菩萨写进诗里

香雾里，我看见奶奶
她用患有白内障的眼睛叩拜神灵

她说天空为何不明
她用拐杖颤巍巍地戳大地，不小心
总是戳到死亡和恐惧

她用渡槽的水养活走西口的人
她把窗前的明月读了一辈子
她说——天空为何不明

我不敢把菩萨写进诗里
怕她遇见我的奶奶

手　纹

麦浪自父亲走后便不再翻滚
当苏醒的大地成片葱茏起来时
那些像贴满寻人启事的空地
显得格外荒凉

父亲生前喜爱麦子，他坐在田埂上
为孩子们讲述生活

海水、沙尘、风暴，还有暗礁
太多密织的路线，布阵人间
父亲粗糙的手纹和着麦茬
被抹在一堵泥墙上，曾为我们遮风，避雨

功 夫

做一个人真不容易
小时候上树摘沙枣
剐破衣服，母亲心疼得如我脱了一层皮
滑冰车不小心掉进冰窟
让我学会了清醒和怎样忍住泪水

成年后，生活中的钉子比比皆是
遭人算计。我真的脱了一层皮

祖母去世当天，我独自走在没膝的深雪中
赶了，八十里路

回家报丧。父亲那年
是留在我记忆中最好看的一次
之前，冬夏奔波
他为了在干瘪的土地上找到活命的粮食

逃不脱离别，跟逃不脱生死
都不能解决前路的艰险

我有两招以上的功夫
是从流水那里学来的，清也流淌
浊也流淌

传世之光

一

我总认为，有一束光是先人埋在鹅卵石下
留给我的
说到悲伤，我总能看见微弱的光
然而，我不想让它跪在石头里

二

丢了祖传的鎏金戒指
我开始，后悔：不该爱上这玩意儿

若银匠同意与我合作，将那银子在火上淬炼
淬生，淬死，淬命
奔波之路，或许会在大雾来临前改道

三

库布其沙漠，有风，令人口渴

库布其沙漠，有雪，令人退缩

冬青没打算寂寞

独自听大地空空，星尘明月

终止了黄昏

终止，或许，是另一种前行

四

光，从穹顶睡进了大漠怀中

数不清的沙粒开始翻身

移动，努力让闪耀

自己一生都要依靠库布其托梦，显灵

五

我父亲，曾经有田

但他从未富有过

我是个穷人，既没有富过

也没有田

也没有半两真金白银，引发雪崩

六

黄昏，是孤独的

赶路的人像一树开败的多刺蔷薇
等待莫尼山的某处断壁，引出高举火把的人
等待黎明前的钟声，敲出回音
时间，永远属于明天
上了绊的枣红马
怎样走失？在草原之外

七

巨大的光
笼罩在一页历史上，那光总要
藏起些什么

收起秋天的草，还有马脖子上
系着的鲜花，我凝视
火光照亮，映出人间的丰足

八

那枚戒指，丢失前曾在火中奋不顾身
见证，纯洁的爱情
见证，忠贞的爱情
见证，真实的爱情

银匠不是银匠的后人，他不懂也不关心
他精心打制的良品在谁身上发光

九

字词间有我不曾遇见的额尔古纳河
我最后的抵达就在那里
胸膛里的歌，要在胸膛里唱
传世之光在黑暗中，负水的泥沙
一粒比一粒重

火淬炼成火焰，与一切淬炼过的要在一起

人间的事

很多事

就是很幸运地被我们一眼看到，麦芒

由绿至黄，它舔着闪电

越来越黄，会遇见真正让它倒下身躯的光

很多人

等不到下次重逢

就不见了。但我信，人世还有轮回

雷声滚过大桦背

第一声
羔羊停在险峰处，放开口中的青草
旁观者看着黄牛埋头走路，苦难受尽
的样子，让我想起童年疲惫的饥荒
在陌生的山岗
扇动翅膀

第二声
喜鹊做出预飞的姿势
落叶给秋分让路
时间给予的苍翠还在慢慢地生长
这山中幽静，可偏偏
有股力量。推着新生的绿去往深秋
众多裸露的根，拼命
拽着半坡流失的土壤
我，赶忙抓紧自己

第三声

只想给山外的妈妈打个电话

告诉她，另一个山坳

松涛唱着歌，正有雾霭升起

小石子路上

寻找尘世安宁的人们走远了

粗粝磨就的岁月还有人爱着

花谢花开，再也不会

露出领略霜寒的苦楚

第四声，响彻大桦背

此刻，我走出山间唯一平坦的道路

雷雨将来

一切都要品尝欢畅的雨水

洒落甘甜尚能前行，身后退去的

是下一个路人的风景

妈妈，山石旁，清凉的泉水绕过荆棘

像个执拗的孩子奔向远方

云霞，多像灶膛里

独悲的火焰，不住地眺望天空

后　记
"在纸上胜过他们是不可能的"

五月开始，我
陆续把时间说成小小的
把跨越五湖四海
辽阔的脚掌说成小小的

把以前认为盛大恢弘的
都说成小小的
当我，说到中年
小小的梦想，小小的要求

我的诗，它
还愿不愿意
留在，我小小的
字里行间

"我那么在意，我说过的任何一句话。"当我决定静下心来给《被群山包围》写后记的时候，仍然不知怎样开头，和我总想写一首就在嘴边的好诗却迟迟没有动笔的感觉一模一样。

作为诗集的后记，我知道应该记什么，可就是这样容易的事，我却存有顾虑以至于无法落笔。这本集子从最初的 176 首缩减至你们看到的这 135 首，亲自砍掉的也有我喜欢的，虽然此次不能与大家见面，但不妨碍我继续写作，也不妨碍阅读，什么都不影响。

这个世上如果没有书籍，一个人可能会远游，可能会沉默寡言，可能会完全沉浸在不愿被人打扰的空间里，可能会俯下身子与草木交流。

我是俯下身子那个人，离土地最近的人。我要嗅出泥土的芬芳，嗅出她的辽远，甚至嗅出她生命的秘密。在我之前写诗的人不计其数，对我来说，诗就是我选择的人生苍茫，是通向远方的遥远道路。

十几年时间，对于一个写诗的人来说，不算长也不算短。在这求索的坎坷路上，想发声的时候，又很惧怕，怕说不出万物的心声，怕冒犯了敬畏的汉字。我把与我们不能用语言沟通的一切都称为万物，也许这样说不太准确，甚至不准确，但我就是这样想的。我想把一朵花变成诗，想把一棵被伐倒的树木变成诗，想把一只空水杯变成诗，可诗不是变出来的，她是一个有生命会呼吸会传达思想的物种。对未来，我充满希望和期待，万物各有去处，这也是天意。

十几年前，我认为写诗不难，一路写下来，才体会到写好诗是难上加难的一门手艺。连布罗茨基这样伟大的诗人都说："在纸上胜过他们是不可能的，也不可能在生活中胜过他们。"

我愿意向每一个蹚过荆棘的人学习，向万物学习。像数星星一样，让每一颗星照耀我无尽的内心。

我曾无数次发誓从明天开始就不再写作了，尤其写诗。最终，我没能管住自己。一直不停写，是因为令自己满意的一首至今还没有出现。日复一日，创作好比一首永远没有结尾的诗，时不时脑海中涌现出来的诗意，无处安放也会令我不悦。我有那么多话要对巴彦淖尔说，落在纸上的却少之又少。2016 年江苏凤凰美术出版社给我出版了第一本诗集《时光草》之后，我更加觉得我在诗歌这个领域才刚刚入门，甚至是刚刚开窍。这本即将由内蒙古人民出版社出版的《被群山包围》，是我 2016 年至 2023 年在各大期刊发表过的部分小诗，她们也许不够精美，甚至有缺憾，但我体验了创作过程带来的欢喜。

除此之外，我要特别感谢本书的责任编辑贾大明老师。两年多来，由于我个人的一些原因，多次想放弃出版，是贾老师一直鼓励我，用时间和耐心等着我。创作艰辛，但她们永远是我热爱的远方。《被群山包围》如我一样，在还没有准备好如何做一个诗人的时候悄然面世了，有点儿果农的意思，亲自种下，亲自采摘，亲自把又大又红、汁甜饱满的一筐奉献出来。

感谢人邻老师抽出时间为此书写序，尽管这些无用的句子日后不知能走多远，我也想象不到《被群山包围》这本诗集出版后它的可能性和不可能性。天地偌大，只给喜欢的人吧。

2024 年 6 月 24 日于临河福瑞特